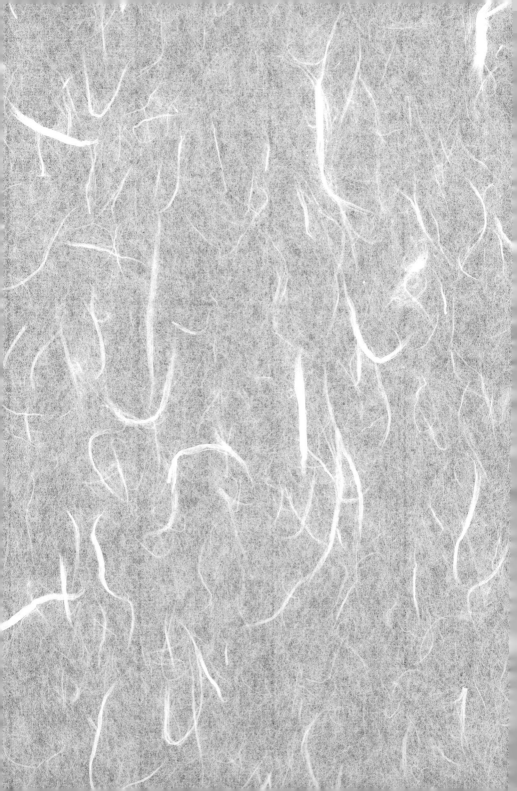

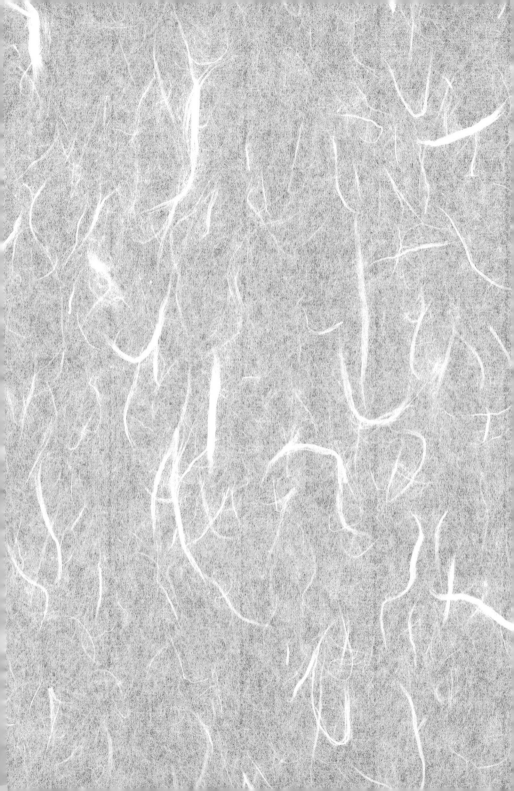

詩集

新しい世界へ

遠藤友紀恵

新しい世界へ

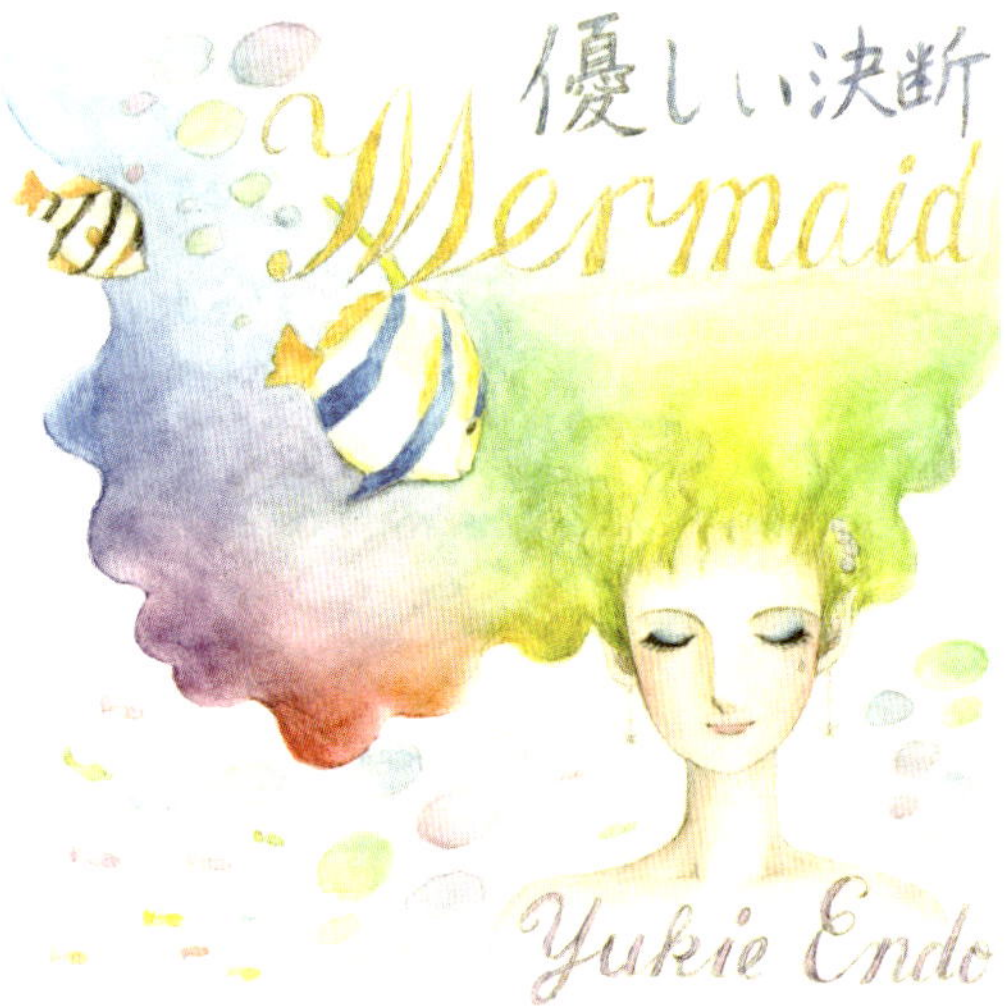

表紙の絵は、私が作詞作曲をし、YouTubeで今流している「優しい決断」の曲の最初にも使わせて頂きました。色んな種類の魚達が共存して「生きている」という事を感じさせられた作品です。

海の魚が鮮明に描かれていて、池上智子さんの優しい絵に心が癒されます。

詩集『新しい世界へ』に寄せて

岡山県詩人協会会長
重光　はるみ

第二詩集『新しい世界へ』の御出版おめでとうございます。第一詩集『違う形の雲の下』にも増して、遠藤さんの切実な思いがあふれていました。

具体的な事が書かれていないため、読者は状況を想像するしかありませんが、思いの強さで不思議と迫ってくるものがありました。

遠藤さんは日々「生きるって何？」という「問い」から離れられないでいるようです。

容易に口に出せない苦しさがあるのかも知れません。あるときふっと分かる瞬間が訪れて書き付けた、つぶやきのような詩。出口を求めてもがいたすえ、ぽつっと吐き出た「答え」。それは、体の中で何度も転がし、寝かし、熟成して現れた言葉。だから、胸に迫るのだと思います。

詩集の表題にもなっている「新しい世界へ」の詩〈…それは「心」の世界／それは「言葉」の世界／…恵みの雨のような…温もりのある場所／それは「詩」の世界〉は輝きを放って見つけた答えなのでしょう。「詩」が自分を新しい世界へ導いてくれる扉と自覚してからは、どんどん書き進んでいるのが感じられます。詩を書くことで自分を解放しているようです。そして、天性の詩的センスも手助けしていて、事情がわからなくても読者は各自自分のことに引き寄せて共感できるのではないでしょうか。

遠藤さんの詩の良いところは感じたことが本当のものであるということ。切実な思いを持ち、正直に書いているというところだと思います。

いつか時が来て、自分の身辺のことが書けるようになったら、また少しずつ言葉にできるかもしれません。「手話」や「お化粧」のように、読者が場面をイメージできるような、実際の出来事を見つめる中で生まれた詩ももっと読んでみたいです。
ますますのご健筆をお祈りしています。

二〇一七年四月　桜満開の日に

遠藤友紀恵さんの詩について

永瀬清子生家保存会事務局長
小林一郎

永瀬清子生家保存会として、平成二十八年に第一回永瀬清子現代詩賞の募集を行いました。ＮＰＯ法人ネオクリエーションの厚見理事長とは、以前から町内会の役員や青年会の活動で、大変お世話になっており何でも話し合える仲間ですが、「自分で詩を書いて曲をつけている人が職場にいる」と聞いていました。募集要項をお渡しして、応募をお願いしましたところ、すぐに遠藤友紀恵さんから何編かの詩が届きました。募集締め切りまでに四十六人の方から六十二編の詩作品が集まり、蒼わたる氏（元岡大教授、中四国詩人会副会長他）を審査委員長の下で審査しました。

そして、見事に遠藤友紀恵さんの「生き方の法則」が最優秀となり、第一回永瀬清子現代詩賞に選ばれました。

その後も、詩作に励まれ、平成二十八年十二月には、第一詩集『違う形の雲の下』を自費出版されました。遠藤さんの詩は、日常の生活の中で感じた気持ちや思いを素直に書きとめながら、自分に問いかけたり他の人に呼びかけたりしており、金子みすゞの詩に近いものが感じられます。

県内には詩人のグループがいくつかありますが、それらの詩人の詩とは少し違って、遠藤さんの詩は、平易な言葉で呼びかけたりつぶやいたりするようなものが多いため分かりやすく、素直に共感したり気づいたり勇気づけられたりできます。詩というものは自己表現であるとしても、ややもすると共感の広がりのとぼしい自己満足だけになりやすいことがありますが、その点、遠藤さんの詩は、自分の心の深みを探りながらも、また浮上して呼びかけているように感じられます。

詩に限らず、何でも続けられることは才能です。書き続けることで深まって広がっていきます。そしてより多くの人の心に、あるいは誰かの心の奥底に、大切なものが届くことと思います。

永瀬清子詩碑

あたらしい熊山橋は
茫と白く宙にうかんでいる
空は星にあふれているが
西の天末にはまだ猫眼石いろの光が
フットライトのように
かなた半球のあかるみを投げあげている

（詩「熊山橋を渡る――1948年1月14日――」冒頭部分より）

まえがき

第一作目の『違う形の雲の下』に続き、第二作目『新しい世界へ』を出版する事に決めました。前半に、幼き頃（学生時代）に書き溜め、今でも頭で覚えている詩を集めてみました。そして計らずも一枚だけ当時の作品を残していたので、それも添える事にしました。〝消えて失くなりたい〟です。今回こうして学生時代の詩を添えて自費出版できる事を大変嬉しく思います。

拙い文章ではありますが、上手とか下手とか言葉の技術ではなくて、皆様の心に少しでも響く作品があると、嬉しく思います。

最後までお付き合い下さい。

遠藤　友紀恵

目次／新しい世界へ

変化

辿り着いた先に

自然界

情景

挿し絵　池上智子／左直　諒

新しい世界へ

この世に産まれて

産声を上げて
〝お母さん〟から産まれた日
私の人生は始まった

末っ子の私
兄姉から歳の離れた私
貧しさを知らない私は

不幸だなんて口に出来ず
寂しさは
心にしまい込んで来た

物に恵まれる事は
親の思いやり
だから
言うとワガママになる

この世に産まれて　これだけは言える

何かに達成感が生まれて
人から必要とされる
これ程の幸せはない

心が幸せな事が何より
恵まれているという事を

新しい世界へ

新しい世界へと
足を踏み入れた私
それは　心　の世界
それは　言葉　の世界
そこは　きっと

恵みの雨　のような
降り積もる真っ白な雪　のような
時に荒波　のような
でも　暖かい
温もりのある場所

それは　詩　の世界

幼き恋

タイミングの悪い恋

タイミングが悪かったね
もっと早く出逢っていたら
両想いだったかも知れないのにね

なんて

夏が終わって秋が来て
どんなタイミングで　いつ出逢ったら

良かったのか
そんな事ばかり考えてしまう
私の気持ち　知らないから言えるのね

この恋の意味するもの

この恋の意味するものは
一体何だと言うのでしょう?

近づけば　遠のいて
離れたら　もう終わり

僕の恋人

わがままで　やきもち焼き
可愛くすねて　僕を困らせ
自由でほっておけない

それでも君は　たまに僕より大人だね
疲れた僕をそっと癒してくれる

わがままで　やきもち焼き

可愛くすねて　僕を困らせ
自由でほっておけない

そんな君が僕の癒し
そんな君が僕の恋人

さようなら

さようならの瞬間を
何度も何度も考えた
その瞬間は意外にあっけなく
肩の荷が下りてくれる　と思った

その瞬間は…
思った通り　あっけなく
肩の荷は下りてくれた

…けれど　苦しみが…
肩の荷以上の苦しみが
襲って来るという事を
僕は予定に入れてなかった

幼き呟き

わかってる

わかってる　わかってる
あなたのこと　ともだちのこと
おやのこころ　みんなのこと
ぜんぶ　ぜーんぶ　わかってる

分かってない　分かってない
貴方の事　友達の事
親の心　皆んなの事

全部　全部　分かってない
本当は　全然　分かろうとしていない

いい子だね

いい子だねって　よく言われる
心がホントに広いのねって

別にいい子な訳ではなく
嫌われるのが怖いだけ
心が広い訳ではなく
簡単に許してしまうだけ

いい子だねって言われることは
時に嬉しいことだけど
悪い子だねって言われる方が
楽なのかもと時々思う

消えて失くなりたい

消えて失くなりたい

消えて失くなりたい
そうすれば嫌われる事はないだろう
そうすればバカにされる事もないだろう
そうすれば取り残される事もないだろう
そうすれば人と接さなくてすむだろう
そうすれば自分を嫌わなくてすむだろう

人に理解されない自分が
人を理解する事もなく

これ以上生きて行く事は難しいという事さえ
理解はしてもらえない

私の声に耳を傾けてくれる人が一人でも
この世にいるとすれば
生きる事も悪くないと思えるのだろうか

マイナスの存在を遠ざけ　理解を示さない
プラスの人間は
自分がどんなに恵まれているか
分かっていない

（学生時代、状態が悪かった時に、「今の気持ちを残そう」と思い書いた詩です。）

幼い頃の先生

今でも憶えています

頭から消し去りたくても
消す事の出来ない過去がある

そんな時…

〝あんたが輝ける場所は、
いくらでもあるんやで〟

そう　諭してくれた先生の事
今でも憶えています

心に沁みました

人を軽く呼び捨て出来なかった〝私〟
〝それが、あんたのイイ所や。
無くさんとってや〟
あの言葉
心に沁みました

マヤファーム

＊生活支援員さんより

「あなたは種をまきなさい…」

マヤファーム 生活支援員　小笠原　良　和

どこかで聞いたけど、よく覚えていない。
色々な言葉が頭に浮かぶ。色々な思いがこころをよぎる。色々な自分が
湧いてくる。

気持ちを・こころを・苦しさを・たのしさを花びらにして届けたい。
多くの人に感じてほしい。気付いてほしい。信じてほしい。

だから　　種をまくの？

それは心に届く…
ある時は「雷鳴とどろく漆黒のうねりのなかに」
ある時は「頬を切るほど張りつめた鏡のようなみなもの上に」
又ある時は「あふれる涙の暖かさで湿った土壌の中に」
そして　かならず芽吹くだろう。

「あなたは種をまきなさい…」
その言葉を憶えていたのだから。

生まれてくるまえの、やさしさと夢の大地で聞いた
その言葉を憶えていたのだから。

（応援の気持ちを込めて詩を書いて下さいました。）

常超世界

～じょうちょうせかい～

常超世界　〜じょうちょうせかい〜

花から伸びた手は
スポンジを絞って
根に水を与える

逞しく育つ木の横で
鳥は三羽
羽を伸ばす

常超世界　僕は見逃さない
花のために
水を絞り出す心を
常超世界　僕は忘れない
たとえ小さな鳥達も
僕にない羽を持つ事を

立派なピラミッドは
まるで世の中の
正しさを計っているよう

ブレない事で
何が正しいかを
見極める目も必要

左直 諒さん作

常超世界　だけど僕は
計る事の出来ない
この世界が好きなんだ
常超世界　僕は生きている
この大木の様に
地に根を張り
常識を超えた世界の中で

常超世界　それは僕の生きてきた現実と
　　　　心の中の世界

（職場の仲間である左直諒さんの絵に強く影響を受けて、出来上がった作品です。）

呟き

理由

口にするには理由がある
口にせずにも理由がある

全てを知るのは自分だけ
全てを知るのは貴方だけ

角度

この角度から見えていたものが
違う角度からは見えない

空を見ながら

死にたいと思うには理由があって
生きたいと思うには理由があって

それを否定も肯定もせずに

ただどちらも深いなと
浅いなと

空を見ながら思うのでした

不平等

〝好き〟と思ったり
〝嫌い〟と思ったり
〝良い〟と思ったり
〝悪い〟と思ったり

私の心は皆んなと一緒
不平等に出来ている

平等に接する人は皆
不平等を隠してる

やめた

もう闇雲に　〃人〃を　信じる事は
やめたんだ

根に持つ

〝根に持つ〟とは
まるで
根に持つ人が悪いかのような印象

場合によっては

根に持ちたくなくても
それ程までに苦しんだのでは
ありませんか？

立ち位置

性格は育つ環境
立ち位置によって決まる

あんな位置　こんな位置　そんな位置
それぞれに　個性が存在する
立ち位置って重要で
立ち位置って面白い

当時小学三年生

変化

笑い

どぉわっはっはっはっ
という笑い

お腹から笑えると
身体の中が気持ち良くなる
特にお腹がじわーっと
楽になる

笑いは皆んなの身体を
健康に導く

だから
〝笑い〟を増やしたい

長い年月をかけて

短い年月で
私はほんの少し変わった
視野を少し広げたはず

長い年月をかけて
まだまだこれから　私は変わる

雨の日も
風の日も
雪の日も
夏の暑い日も…

厳しい自然と向き合っている彼等と共に…

自分を生きて思う

私という人間は　色んな風に変わる
良い意味でも　悪い意味でも
決まりがない

自分を生きて思う
だからこそ　この人はこんな人

あの人はあんな人

そんな決め付けはしたくない

自分を変える事が出来るのは
自分しかいない

人は自分の意思で少しずつ変わるのだから

幸せの花

誰かの為に生きる？
とんでもない
私は私の為に生きる

誰かの言う通りにする？
情けない
私はこの世にたった一人

桜が定めを知るように
生きる定めを背負う私達は
自分が幸せになる事で
〝幸せの花〟をパッと咲かせる

見た人がきっと
明るい気持ちになれるような
〝幸せの花〟を

辿り着いた先に

あなたの心

私を疑うあなたの心が
腹立たしい事もあり
私を疑うあなたの目が
頼もしいと思えたり

私を信じるあなたの心が
子供の様に思えたり
私を信じるあなたの目が
ふし穴じゃないかと思うんだ

ややこしいからまり

一人一人は単純で
こうなりたい未来も思うより単純
だけどみんなの笑顔はやっては来ない
少しずつ違う未来を望み
共に家族を生きる限りは

ややこしいからまりを
真っ直ぐに伸ばす

できるだけ沢山の知識を持ち
できるだけ多角度から答えを

そこに勇気を持ち合わせて

光を貴方に注ぎます

大きな心に包まれて
大の字になってくつろぐ時
幸福な瞬間

けれど
貴方の背負ってる
自分だけで背負ってる

影を私も貰います
影を私も貰います
光を貴方に注ぎます
必ず

どんな言葉より

あなたの平気な顔
〝大丈夫〟の一言
他のどんな言葉より

温かい

他のどんな言葉より

進む

時折見せる貴方の疲れた顔は
もう隠し切れなくて現れたのだと
その顔は貴方のありのまま

けれどこの道を選んだ私達は
山を谷を暗闇を光を

歪んだり　後ろを向いたり

喜んだりしながら

進む

自然界

月に祈る

永遠に続く
月の光
夜になると
ほのかに霞む

この場を凌いで
生きて行く私
行き先も見えず

先を急ぐあなた
永遠に光る
変わらぬ心
どれ程深く
月に祈る

池上智子さん作

ゴォーゾォー　空が鳴ってる

さぶい　寒い　冬の午後
家路へと急いでいる私の耳まで
ゴォーゾォー　と音がして
凍える寒さも増してきた
駅まで古い自転車を漕ぐとは
風の強さに負けそうになり

時折怖い時がある
自然界の奥底から
空より産まれた響き
ゴォーヅォー　空が鳴ってる

熊山橋の近く吉井川のほとりより

情景

お化粧

いつからだろうか？
繰り返す日々の中で
私は朝が一番好き
まだ皆んなが眠っている
静かで　ひんやりした　朝

早目に目が醒めるから
まだ皆んなのいない時間に
自分でいられる

いつからだろうか？

まだ暗い暗い朝
私は　じっと　感じる

皆んなが布団の中で
夢を見ている　朝

決まりのある社会の中で
どことなく　自由　を感じる

ほんの数時間

自分だけが抱いた思いを
誰かに預けたけれど
当たり前のサイクルに頭を戻すのは
自分しかいない

皆んなの「おはよう」が流れる前に

私は〝お化粧〟をする

少し濃いめの〝お化粧〟を

池上智子さん作

手話

小鳥の囀り
人の歌声
パトカーのサイレン
雨が降る音

赤ちゃんの頃から
耳が聞こえている事を
意識していない私には

数年前　聾の仲間が出来た

仕事中
私が彼等の気遣いに対して
「有り難う」と言うと
彼等は
「普通のコトをしただけ」と
言ったことがある

ピアノの音色
誰かの叫び声
救急車のサイレン
風が吹く音

赤ちゃんの頃から
全ての音を遮断されて来た彼等は
視覚で物事を捉えている

彼等の周りには　耳が聞こえる人ばかり…

彼等がもし
私が手話を使うことを
「有り難う」と言ったなら
私は手話で返そうと思う
「普通のコトをしただけ」と

爪噛み

保育園の頃から
私は爪を噛んでいた

叔父を含めた七人家族の
一番下の私は

父も母も働いていて
その時はわからなかったけど
祖母は途中から今でいう認知症

兄姉と私の間には歳の差があり
叔父は短気で好きになれなかった

今思うと

だから爪を噛んでいたのかも知れない

当時は爪を噛む事に
何かが隠れているとは
思われていなかった
爪噛み　という自然現象は
寂しさの現れだと

誰も思う時間など　なかった

お姉ちゃん

覚えている

仕事場で役に立てるどころか
失敗ばかりで怒られて
謝る事すらできなくて
白い目で見られて　嫌われて
辛くて　辛くて　泣いて帰った夜

お姉ちゃんは一生懸命

励ましてくれた

母の手伝いをしない私を見て
母に「私がするからやる気が
　　起こらんのかな?」と、こっそり
話していた事、知ってるよ

お姉ちゃんと居ると
やる気が起きる自分が不思議で
そんなパワーを持つあなたを
尊敬します

そっと助けてくれたお姉ちゃん
ありがとう

ふでばこ

娘にとってふでばこには
たくさんの想い出がつまっている

あの時あの店で誰々ちゃんと
一緒に選んだボールペン

夕方お父さんと買ったシャーペン

お土産で貰ったサシ付きノートのサシ
それを母親の私が買ったスヌーピーの
ふでばこに入れた

ふでばこを失くした時
娘が言った
「ふでばこには夢と希望が詰まっているのに…」

ただ単に発した言葉かも知れない

だけど
娘の知らない間に勝手に離婚してバラバラに
なってしまった後でも

彼女が家族や友達と買った〝ふでばこ〟が
今でも大切な宝物なのだと
痛感させられた

（岡山県詩人協会会長さんからの〝読者が場面をイメージできる詩〟という
お言葉を参考にさせて頂き、新しく三編書き添えました。）

あの光

波に呑まれて

その場の空気を読めるあなたは
さぞ苦しかった事でしょう

波に呑まれている事を
直ぐさま察知していたのだから

生きて行く為には
世の中の仕組みがそうである事を

受け止める必要があるのかも知れない
けれど　波に呑まれる感覚　は
異常なまでに苦しい

源はドン

さりげないポンに救われて
元気な私が蘇る

あどけないニコに癒されて
陽気な私が現れる

揺るぎないドンを助けるため
根気強さを見せてやる

こんな平凡な一日を

いつも通りに仕事する
私にとっては　とても幸せ

こんな平凡な一日を
積み重ねて
私は生きて行く

こんな平凡な一日を
大切に思う

一生を左右する時間

どんな形であれ
学ぶべき時に学べ
遊ぶべき時に遊べている人は
困らないように出来ている

私にその時間が
訪れなかったのか
逃してしまったのか

邪魔が入ったのか
私のこの蟠《わだかま》りは
一生消えないだろう
何処にも持って行けない
バネにしようなんて
考えられない

あなたの気持ちを救うのは

あなたの気持ちが分かるのは
私もあなたと同じような痛みを
感じた事があるから

他の誰かから見たら
どんなに小さくとも
痛みは　痛み

あなたの気持ちを救うのは
きっと　分かっていても
あなたを明るい方へと
導いてくれる人々

起き上がる人

何度も失敗
一つ成功
夢　実現まで　まだ進む人
夢　失敗しても　起き上がる人

左直 諒さん作

あの光り

あの光りを目指して
歩みたい

時に　光りは眩し過ぎて
暗闇に潜りたくなるけれど

光りを信じて
前に進んだら

あぁ　やはり
生まれて来た事に
感謝出来るだろう

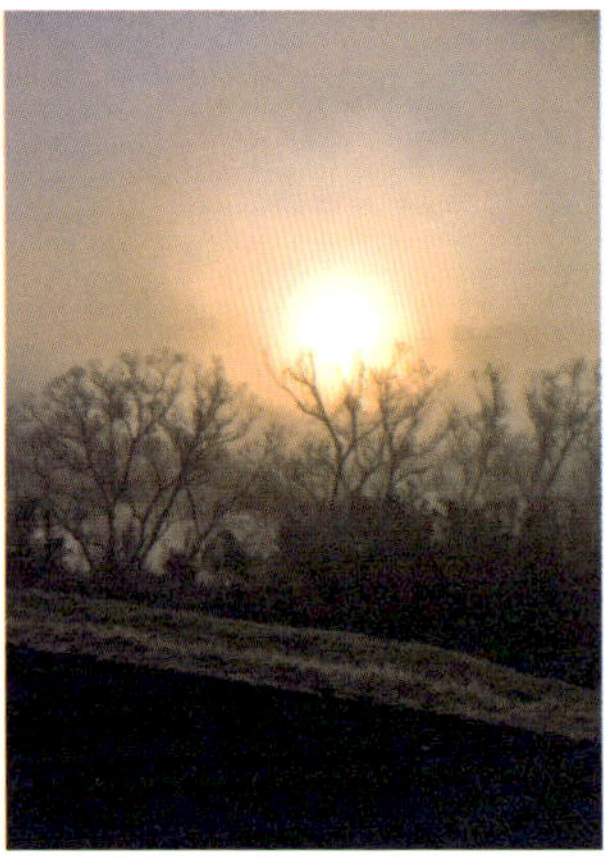

あとがき

『違う形の雲の下』には沢山の方々に共感して頂ける詩が集まりましたが、今回の作品『新しい世界へ』には、甘えがあったり矛盾があったり前向きだったり後ろ向きだったりして私の心の波がハッキリ現れているので、皆様に受け入れて頂けたかどうか心配な作品が多いように思います。

テーマは、「生きること」です。これから新しい気持ちで前に進んで行くという気持ちを込めて「新しい世界へ」という題名にしました。題名は平凡ですが、希望や光を予感させる言葉だと思います。他にはないかとは考えましたが、見当たりませんでした。

この場を借りて…

協力して下さった皆様へ

大変ご多忙な中、私の第二詩集出版の為に時間を割いて下さり、誠に有り難うございました。

そして、最後まで読んで下さった方々に心から感謝申し上げたいと思います。

遠藤　友紀恵

友人より・娘より

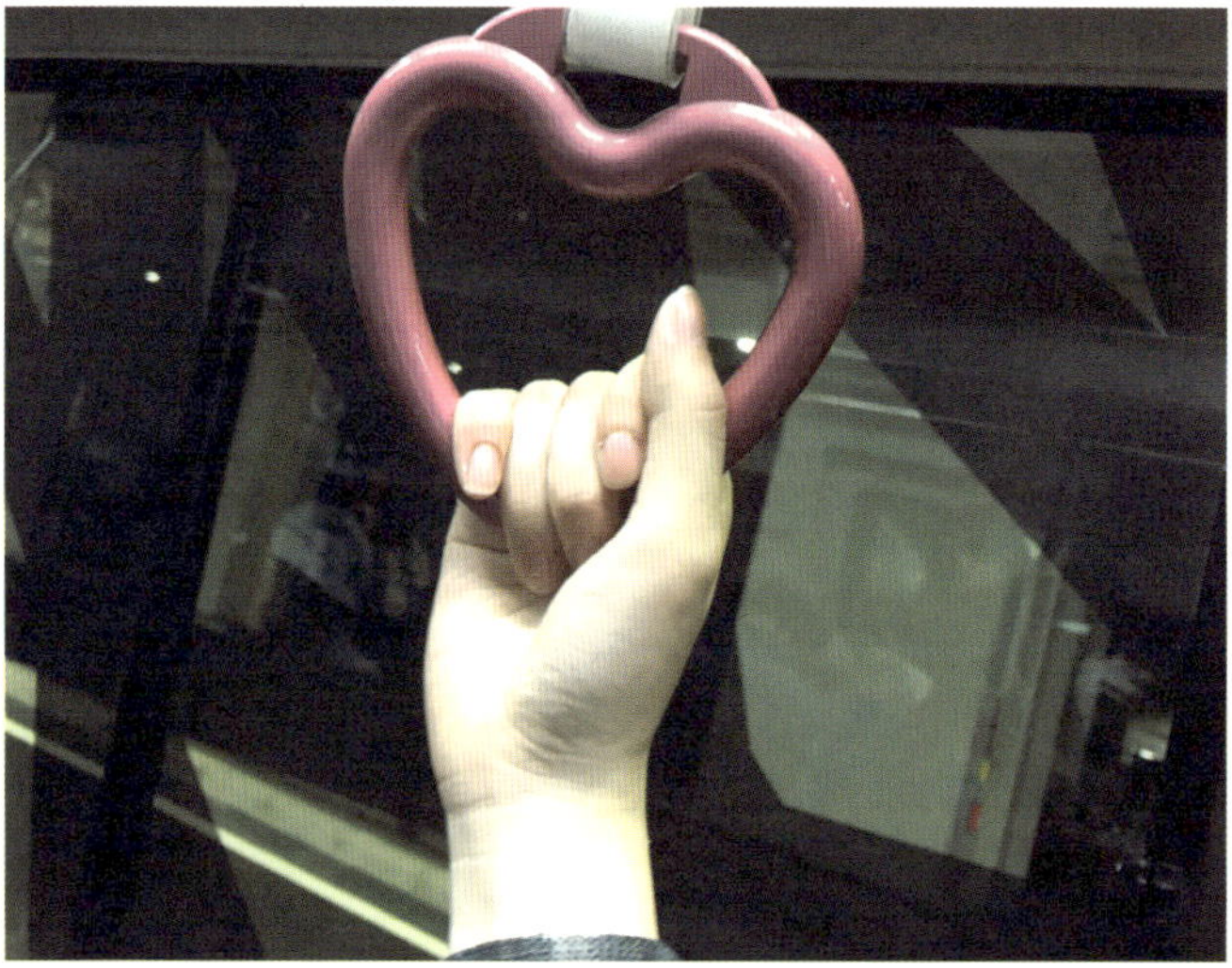

友人より

詩集『新しい世界へ』をお読み頂きまして誠にありがとうございます。著者である遠藤友紀恵さんとは、同じ高校に通っていた時に知り合い、以来約二十有余年間変わらないお付き合いをさせて頂いております。

当時から明るく、思いやりがあり、沢山の友人に囲まれていた友紀恵さんでしたが、別の学校に進んでからは、高校の頃にはなかった悩みを口にするようになりました。恋愛の苦しみの話や学校での自分の在り方や…。当たり前の事のように思えますが、今から思えば、病気を患い苦しんでいたのだと思います。その頃からです。彼女は詩を書くようになりました。

今回、その中から〝頭で覚えている作品を入れるんだ〟と聞き、嬉しく思います。現在の友紀恵さんの詩は御本人の人柄の通り、親しみやすく、とても前向きになれる作品も多々あります。ですが、私も友紀恵さんも幼かった頃の作品には、「いい子だね」のような、少し自分が〝いい子〟である事への寂しい思いも綴ってあるように感じました。

友人として、このような場を頂けた事を光栄と思うとともに、友人である遠藤友紀恵さんの身に負担なく、これからも彼女の心の拠り所として日常や思いを詩にして行ける事。そして更なる発展を願っています。

天野裕子

娘より

母の言葉は読む人の心を癒し、沢山の人の心に寄り添う言葉なのだと思います。

母の人生で経験した事、思った事を綴った作品は「今を生きる一つの知恵」で、私自身も日々を助けられています。私のように、母の詩で少しでも、心が癒され、共感してくださる人がいる事を嬉しく思います。

読んで下さったすべての方々に感謝し、終わりの文章とさせて頂きます。

遠藤純花

著者紹介

遠藤友紀恵（えんどう　ゆきえ）

1974年　岡山市で生まれる
2015年２月　「玉ねぎの詩」『現代農業』野良で生まれたうたに掲載
2016年７月　「生き方の法則」　第１回永瀬清子現代詩賞受賞
2016年12月　『違う形の雲の下』
［所属］
黄薔薇、岡山県詩人協会
現住所　〒703-8244　岡山県岡山市中区藤原西町２丁目4-31

発行日	2017年７月30日
書　名	新しい世界へ
著　者	遠藤友紀恵
発行者	遠藤友紀恵
発　売	吉備人出版
	〒700-0823 岡山市北区丸の内２丁目11-22
	電話 086-235-3456　FAX 086-234-3210
	ホームページhttp://www.kibito.co.jp
	Ｅメール　mail:books@kibito.co.jp
印　刷	株式会社三門印刷所
製　本	日宝綜合製本株式会社

ISBN978-4-86069-523-1 C0092